LIBRO DEL SILENCIO

Deborah Underwood Ilustraciones Renata Liwska

miau

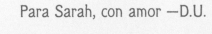

Para Sarah, con amor —D.U.

Para mi editora, Kate, por su apoyo y confianza —R.L.

© Ediciones Jaguar 2012
C/ Laurel, 23 1º - 28005 Madrid
www.edicionesjaguar.com
jaguar@edicionesjaguar.com
© Traducción: Merme L'hada

Texto © Deborah Underwood 2010
Ilustraciones © Renata Liwska 2010

ISBN: 978-84-15116-25-7
Depósito Legal: M-28892-2012

Hay muchas clases de silencio.

El silencio del despertar.

La mermelada gotea poco a poco.

No espantes la concentración del petirrojo.

Algunos se cuentan secretos sin voz.

Coloreo mis dibujos en silencio.

Callado pienso en una buena razón
para haber pintado la pared.

Juego al escondite sin hacer ni un solo ruido.

En silencio espero cuando soy el último
al que recogen del colegio.

Buceo sosegadamente bajo el agua.

Me quedo mudo para hacerme invisible.

Saboreo un chupa-chups ensimismado.

Mi nuevo corte de pelo me deja sin palabras.

Ssshhh... mi hermanita duerme.

Calladitos esperamos para gritar ¡SORPRESA!

Pido un deseo en silencio.

Guardo silencio en lo alto de la montaña rusa.

Los mejores amigos a veces no necesitan hablar.

Cuando viene por sorpresa la tía Tula,
me escondo en silencio.

¡Muerden las iguanas? Mejor no contestar.

Antes de que empiece el concierto guardo silencio.

Mal momento para tener hipo.

En silencio cae la primera nevada.

Conduciendo en el silencio de la noche.

Me quedo mudo al ver demasiadas burbujas
en la bañera.

Escucho en silencio mientras me leen un cuento.

No hago ruido al guardar
mi osito Teddy.

En silencio recibo mi beso de buenas noches.

¡Qué es esa luz?
Sssshhh... silencio.

En silencio duermo profundamente.